Das Geheimnis von Neukloster
Der Hexenstein und die Dornenwächter

Herold zu Moschdehner

Das Geheimnis von Neukloster

Der Hexenstein und die Dornenwächter

Bibliografische Information der Deutschen Nationalbibliothek
Die Deutsche Nationalbibliothek verzeichnet diese Publikation in der Deutschen Nationalbibliografie; detaillierte bibliografische Daten sind im Internet über http://dnb.d-nb.de abrufbar.

ISBN: 978-3-7693-1218-8

Copyright (2024) Herold zu Moschdehner
Verlag: BoD · Books on Demand GmbH,
In de Tarpen 42, 22848 Norderstedt
Druck: Libri Plureos GmbH, Friedensallee 273, 22763 Hamburg
Alle Rechte bei dem Autoren.

12,99 Euro

Vorwort

Es gibt Orte, die selbst den mutigsten Entdeckern
ein leises Schaudern über den Rücken jagen. Der
alte Wald bei Neukloster ist ein solcher Ort,
umgeben von Geschichten und Geheimnissen,
die die Menschen dort seit Generationen flüstern.
Einer dieser geheimnisvollen Orte ist der
Hexenstein – ein riesiger, seltsam gezeichneter
Findling, der sich im Dickicht des Waldes verbirgt
und angeblich die Spuren längst vergangener
Magie in sich trägt. Manche sagen, dass er von
Hexen verflucht wurde, andere, dass er einen
verborgenen Schatz birgt. Doch niemand weiß
genau, was an diesen Geschichten wahr ist –
oder wahr sein könnte.
In dieser Geschichte begegnen wir zwei Kindern,
Lilly und Ben, die eines Tages diesen Hexenstein
entdecken und von der Magie und dem
Abenteuer angezogen werden, das er verspricht.
Neugierig und mutig wagen sie sich auf eine
Reise, die sie tief in das Herz der Sage führt. Doch
manchmal bergen selbst die schönsten
Abenteuer auch Gefahren, die wir nicht
vorhersehen können.
Dies ist ein Märchen über Neugier, Mut und das
Unheimliche, das manchmal näher ist, als wir
glauben. Begleite Lilly und Ben in den Wald von
Neukloster, aber vergiss nicht: Manche
Geheimnisse sollten vielleicht besser verborgen
bleiben.

Kapitel 1: Das Geheimnis im Wald

Die Sonne neigte sich über die kleine Stadt
Neukloster und schickte ihre letzten, warmen
Strahlen über die Dächer. Die Straßen leuchteten
in goldenem Licht, und die Schatten der Bäume
am Waldrand wurden immer länger. In diesem
geheimnisvollen Abendlicht machten sich Lilly
und Ben auf den Weg. Die beiden waren seit
dem Kindergarten die besten Freunde, und
obwohl sie jetzt schon zehn Jahre alt waren,
liebten sie es immer noch, sich Abenteuer
auszudenken und auf Entdeckungsreisen zu
gehen.
„Heute, Lilly," hatte Ben ihr an der Schule
versprochen, „heute gehen wir in den Wald, bis
wir etwas Spannendes finden. Vielleicht einen
alten Schatz oder sogar eine Höhle! Hast du nicht
Lust?"
Lilly hatte Lust, und so standen sie jetzt, mit
aufgeregtem Kribbeln im Bauch, am Waldrand
und schauten auf die dichten Bäume, die sich im
Abendwind leicht hin und her bewegten. Der
Wald war dunkel und geheimnisvoll. Niemand
wusste so genau, was sich tief im Inneren
verbarg, und Gerüchte kursierten über seltsame
Ereignisse, die hier manchmal in der Dunkelheit
stattfanden. Schon oft hatte man ihnen erzählt,
dass der Wald angeblich von alten Geistern oder
gar Hexen heimgesucht wurde.
„Ben, meinst du wirklich, dass wir heute etwas
finden?" fragte Lilly und blickte Ben mit großen
Augen an. Ihre Hände waren leicht verschwitzt
vor Nervosität.

„Na klar!" Ben nickte energisch. „Vielleicht nicht gleich eine echte Hexe, aber irgendetwas gibt es hier bestimmt. Man muss nur lange genug suchen! Vielleicht haben die Hexen ja etwas zurückgelassen, einen vergrabenen Schatz oder eine verzauberte Münze."
Lilly grinste und versuchte, ihre Nervosität zu verbergen. Ein Teil von ihr war neugierig, der andere jedoch ein bisschen ängstlich. Doch gemeinsam mit Ben fühlte sie sich sicherer, und so traten die beiden mutig in den Wald. Die dichten Äste schienen sich über ihnen zu schließen, als würden die Bäume sie in ihr Geheimnis einhüllen. Die Blätter raschelten leise, und ein paar Vögel zwitscherten noch in der Ferne, als ob sie die Ankunft der beiden Freunde beobachteten. Während sie tiefer in den Wald liefen, bemerkten sie, wie das Licht immer schwächer wurde und die Schatten um sie herum dunkler und geheimnisvoller erschienen. Der Waldboden war weich unter ihren Füßen, und hin und wieder knackte ein Zweig, wenn sie darauf traten. Der Duft von feuchtem Moos und harzigen Tannennadeln erfüllte die Luft, und je weiter sie gingen, desto stiller wurde es um sie herum. Nach einer Weile, als sie beinahe den Mut verlieren wollten, entdeckten sie plötzlich etwas Ungewöhnliches zwischen den Bäumen: Ein großer, grauer Stein, der halb aus dem Boden ragte. Er war mit Moos bewachsen und wirkte, als läge er schon seit Jahrhunderten dort. Das Sonnenlicht brach durch die Baumkronen und schickte letzte Strahlen auf den Stein, sodass seine Oberfläche golden schimmerte.

„Schau mal!" rief Lilly und zeigte aufgeregt auf
den Stein. „Das ist doch kein normaler Stein,
oder?"
Ben trat näher und betrachtete den großen
Findling mit neugierigen Augen. Seine
Oberfläche war übersät mit tiefen Rillen und
Kratzspuren, die in unregelmäßigen Mustern
verlaufen. Es sah aus, als ob jemand mit langen,
scharfen Krallen oder Nägeln über den Stein
gefahren wäre. Ein leises Kribbeln lief ihm über
den Rücken, und er bekam eine Gänsehaut.
„Vielleicht … vielleicht ist das der Hexenstein,"
flüsterte Ben ehrfürchtig. „Ich hab mal gehört,
dass die alten Leute im Dorf von einem großen
Stein erzählen, den die Hexen im Wald verflucht
haben sollen."
„Echt?" Lillys Augen wurden groß, und sie trat
einen Schritt näher. Sie fuhr vorsichtig mit den
Fingern über die rauen Kratzspuren und spürte die
Kälte des Steins unter ihren Fingerspitzen. „Das ist
so unheimlich … meinst du, dass hier wirklich
Hexen waren?"
Ben nickte, seine Augen funkelten vor Aufregung.
„Ja, das sagen die älteren Leute im Dorf. Sie
sagen, dass die Hexen diesen Stein verflucht
haben, weil sie hier früher ihre geheimen Rituale
durchgeführt haben. Manche behaupten sogar,
dass sie bei Vollmond hierher zurückkehren."
Lilly sah Ben an, und ein Schaudern lief ihr über
den Rücken. Der Gedanke, dass dieser Stein ein
Hexenstein sein könnte, ein Ort voller Magie und
Geheimnisse, war faszinierend und beängstigend
zugleich. Aber die Neugier überwog ihre Angst.
Sie wollte mehr über diesen Stein erfahren und

sich vorstellen, welche Geschichten und Geheimnisse er in sich tragen mochte.

„Dann sollten wir bei Vollmond wiederkommen!" sagte sie entschlossen. „Wer weiß, vielleicht zeigt uns der Stein dann seine Geheimnisse."

Ben grinste breit. „Gute Idee, Lilly! Das wird unser größtes Abenteuer."

Die beiden Freunde standen noch einen Moment still vor dem Stein und ließen den Gedanken auf sich wirken. Das Licht war nun fast ganz verschwunden, und der Wald wurde immer dunkler. Ein leises Rascheln erklang irgendwo in den Büschen, und Lilly zog instinktiv die Schultern hoch. Der Wald schien lebendig, als würde er ihnen zuhören und ihre Pläne verstehen.

„Lass uns für heute zurückgehen," schlug Ben schließlich vor und sah sich um. „Es wird schon ziemlich dunkel. Wenn wir morgen wiederkommen, haben wir bestimmt noch mehr Zeit, um den Hexenstein genauer zu untersuchen."

Lilly nickte und blickte noch einmal zurück auf den mysteriösen Stein. Er schimmerte im letzten Licht der Dämmerung, als würde er ihnen ein Geheimnis zuflüstern, das nur darauf wartete, von ihnen entdeckt zu werden.

Hand in Hand machten sich die beiden Freunde auf den Rückweg, das Herz voller Vorfreude und Abenteuerlust. Sie konnten es kaum erwarten, zum Hexenstein zurückzukehren und die Geschichte zu lüften, die er mit seinen Kratzspuren und Rillen verbarg.

Kapitel 2: Die Sage vom Hexenstein

Am nächsten Morgen konnte Lilly kaum stillsitzen. Schon beim Frühstück kreisten ihre Gedanken nur um den Hexenstein und die Kratzspuren, die sie am Tag zuvor entdeckt hatten. Der Gedanke daran, dass der Stein tatsächlich etwas Magisches an sich haben könnte, ließ sie einfach nicht los. Kaum hatten die Schulglocken am Nachmittag geläutet, rannte sie los, um Ben zu suchen. Die beiden hatten beschlossen, noch einmal in den Wald zu gehen und vielleicht mehr über den Stein herauszufinden.
„Ben, wir müssen herausfinden, was es mit dem Hexenstein auf sich hat!" rief Lilly, als sie ihn auf dem Schulhof sah. Ihre Augen funkelten vor Aufregung.
Ben nickte, selbst voller Vorfreude. „Genau das dachte ich mir auch. Vielleicht sollten wir heute die Dorfbewohner fragen. Bestimmt wissen die Älteren mehr über den Stein und seine Geschichte."
Die beiden machten sich auf den Weg zu einem kleinen Café am Marktplatz, das für seine alten Geschichten bekannt war. Es war ein beliebter Treffpunkt der älteren Generation von Neukloster, und Lilly und Ben hofften, dass sie dort jemanden finden würden, der die geheimnisvolle Sage des Hexensteins kannte.
Drinnen roch es nach frischem Kaffee und warmen Kuchen, und die beiden setzten sich an einen Tisch nahe der Fensterbank. Bald bemerkten sie einen alten Mann, der allein an einem Tisch saß und nachdenklich in seine Tasse

blickte. Er trug eine graue Mütze und hatte ein freundliches Gesicht, das von Falten durchzogen war. Lilly und Ben schauten sich an und beschlossen, ihr Glück zu versuchen.

„Entschuldigen Sie, Herr," begann Lilly schüchtern und lächelte den Mann an. „Wissen Sie vielleicht etwas über einen großen Stein im Wald? Er sieht alt und ein bisschen gruselig aus und hat Kratzspuren auf seiner Oberfläche …"

Der alte Mann hob den Kopf und sah die beiden an. Ein kleines Lächeln spielte um seine Lippen, und seine Augen glitzerten, als hätte er nur auf genau diese Frage gewartet.

„Ah, ihr habt also den Hexenstein gefunden?" fragte er und nahm einen Schluck von seinem Kaffee. „Ein mutiger Fund, das muss ich sagen. Viele Kinder trauen sich gar nicht erst in seine Nähe."

Ben rutschte ein Stück näher. „Ja, genau! Wir wollen wissen, was es mit ihm auf sich hat. Können Sie uns die Geschichte erzählen?"

Der alte Mann nickte und stellte seine Tasse ab. Er sah sich kurz um, als wolle er sicherstellen, dass niemand mithörte, und begann dann mit gedämpfter Stimme zu erzählen.

„Nun, die Geschichte des Hexensteins reicht weit zurück, weit bevor ich oder selbst meine Großeltern hier lebten. Man sagt, dass der Stein von Hexen verflucht wurde, die hier einst ihre Zauber gesprochen und Rituale durchgeführt haben. Diese Hexen trafen sich angeblich bei Vollmondnächten, mitten im Wald, um ihre dunklen Geheimnisse zu bewahren und sich gegen die Welt der Menschen zu verbünden."

Lilly und Ben hielten den Atem an. Die Vorstellung von Hexen, die im Wald Rituale abhielten, klang unheimlich und faszinierend zugleich.

„Es heißt," fuhr der alte Mann fort, „dass die Hexen einen Fluch auf den Stein gelegt haben, damit niemand ihr Wissen und ihre Geheimnisse stehlen konnte. Jede Vollmondnacht kommen sie angeblich zurück, um ihre Magie zu erneuern und den Stein vor neugierigen Augen zu schützen. Und die Kratzspuren, die ihr gesehen habt …" Er beugte sich näher zu ihnen und flüsterte: „… sollen von den Hexen selbst stammen. Sie hinterließen sie, um allen zu zeigen, dass dieser Stein ihnen gehört."

Lilly spürte, wie ihr ein Schauer über den Rücken lief. „Und … was passiert, wenn jemand bei Vollmond dort ist?" fragte sie leise.

Der alte Mann zog die Augenbrauen hoch. „Nun, das weiß niemand genau. Denn die wenigen, die es gewagt haben, sind nie zurückgekehrt. Aber man sagt, dass die Hexen nicht erfreut sind, wenn Fremde sich ihrem heiligen Ort nähern. Es ist ein Ort voller Geheimnisse und Gefahren."

Ben schaute aufgeregt zu Lilly. „Das bedeutet, wir müssen bei Vollmond dort sein! Vielleicht können wir dann etwas von ihrer Magie sehen."

Der alte Mann legte ihnen jedoch die Hand auf die Schulter. „Seid vorsichtig, Kinder. Manche Geheimnisse sollten unentdeckt bleiben. Der Hexenstein ist kein Spielplatz. Er hat viele dunkle Dinge gesehen."

Lilly und Ben schauten sich an. Ein kleiner Teil von ihnen spürte tatsächlich ein mulmiges Gefühl, aber die Neugier war zu groß. Sie wollten wissen,

was bei Vollmond am Hexenstein geschah. Die
Worte des alten Mannes schienen wie ein Funke,
der ihre Abenteuerlust erst recht entfachte.
„Vielen Dank, Herr!" rief Ben und lächelte ihm zu,
bevor sie beide das Café verließen und zum
Marktplatz liefen.
Draußen, in der frischen Luft, besprachen sie ihren
Plan. Es war ein klarer Tag, und die Sonne schien
hell, doch Lillys Gedanken kreisten um das, was
der alte Mann gesagt hatte. Vielleicht war der
Hexenstein wirklich ein Ort, den sie nicht betreten
sollten. Vielleicht lauerten dort tatsächlich Kräfte,
die stärker und gefährlicher waren, als sie sich
vorstellen konnten.
Doch gemeinsam mit Ben fühlte sie sich sicher
und bereit für das Abenteuer, das vor ihnen lag.
Die Neugier, das Geheimnis zu lüften, war einfach
zu groß, um sich davon abhalten zu lassen.

Kapitel 3: Der unheimliche Vollmond

Die Tage vergingen, und die Aufregung in Lilly
und Ben wuchs mit jedem Moment, in dem sie
dem Vollmond näherkamen. Sie hatten den Tag
mit einer Mischung aus Vorfreude und Nervosität
verbracht, immer wieder über die Geschichten
des alten Mannes nachgedacht und sich dabei
ausgemalt, was sie wohl beim Hexenstein
erwarten könnte. Schließlich war die Nacht des
Vollmonds gekommen, und die beiden schlichen
sich leise aus ihren Häusern, während das Dorf in
tiefem Schlaf lag. Die Straßen von Neukloster
waren still, nur ein sanfter Wind strich durch die
Bäume und ließ sie rascheln.
Mit leisen Schritten trafen sie sich am Rand des
Waldes, ihre Gesichter blass im Mondlicht, und
nickten sich entschlossen zu. Sie hatten
Taschenlampen dabei, aber die ließen sie
ausgeschaltet – der helle Mond erleuchtete den
Weg und tauchte den Wald in ein silbriges Licht,
das alles mystisch und fremd wirken ließ. Die Stille
war fast greifbar, und jeder Schritt auf dem
weichen Waldboden fühlte sich wie ein
Eindringen in eine verbotene Welt an.
„Ich kann es kaum glauben, dass wir das wirklich
machen," flüsterte Lilly und blickte Ben an, ihre
Augen weit vor Aufregung. „Es fühlt sich an, als
würden wir in ein Märchen eintauchen."
Ben grinste und zuckte mit den Schultern. „Oder
in ein Geisterabenteuer. Ich meine, was kann
schon passieren? Vielleicht sehen wir wirklich die
Hexen oder finden noch mehr Spuren. Es ist doch
nur ein alter Stein … oder?"

Doch trotz seiner Worte klang Bens Stimme ein wenig zittrig, und Lilly spürte, dass auch er ein mulmiges Gefühl hatte. Die beiden gingen tiefer in den Wald hinein, ihre Schritte nur ein leises Rascheln auf dem weichen Laub. Über ihnen schien der Vollmond, groß und rund, durch die Baumwipfel und warf Schatten, die wie lange Finger über den Boden krochen.

Nach ein paar Minuten hatten sie den Hexenstein erreicht. Der riesige Findling lag still und düster im Wald, sein graues Gesicht von tiefen Kratzspuren und moosigen Rillen gezeichnet. Im hellen Mondlicht wirkten die Spuren fast lebendig, als ob sie pulsieren würden. Die beiden Kinder hielten den Atem an, als sie näherkamen, und standen schließlich direkt vor dem Stein.

„Siehst du das, Ben?" flüsterte Lilly und deutete auf die tiefen Rillen. „Es sieht fast so aus, als würden die Kratzer leuchten."

Ben beugte sich vor und berührte vorsichtig die Oberfläche des Steins. Tatsächlich schien ein schwaches, silbriges Leuchten die Kratzer entlangzulaufen, als würde der Stein selbst atmen und mit dem Mondlicht verschmelzen. Ein Schaudern lief ihm über den Rücken.

„Das ist unglaublich … Ich hätte nie gedacht, dass wir so etwas sehen würden," flüsterte Ben, seine Stimme voller Ehrfurcht.

Plötzlich hörten sie ein leises Flüstern, das aus dem Dunkel des Waldes zu kommen schien. Die beiden blickten sich erschrocken an und drehten sich langsam in alle Richtungen, um die Quelle des Geräuschs zu finden. Das Flüstern war sanft und beinahe melodisch, doch es schien, als würden Hunderte von Stimmen miteinander sprechen. Die Luft war kühl, und ein leichter Wind wehte durch die Äste, aber das Flüstern wurde stärker und schien aus dem Inneren des Steins zu kommen.

„Das … das muss die Magie sein, von der der alte Mann gesprochen hat," stammelte Lilly. „Die Hexen … sie sind hier!"

Ben nickte, seine Hände zitterten leicht. Das Flüstern war inzwischen zu einem sanften Singen geworden, und die Rillen auf dem Stein schimmerten heller. Die beiden Kinder standen wie verzaubert vor dem Hexenstein, unfähig, sich zu bewegen oder den Blick abzuwenden. Es war, als hätte der Stein sie in seinen Bann gezogen, und eine fremde Kraft hielt sie an diesem Ort fest.

Plötzlich sahen sie etwas Unfassbares: Über dem Stein begannen schemenhafte Gestalten zu erscheinen, geformt aus Licht und Nebel. Es waren geisterhafte Silhouetten von Frauen, die lange Gewänder trugen und sich um den Stein scharten. Sie schienen in einem geheimnisvollen Tanz miteinander zu schweben, als ob sie ein uraltes Ritual durchführten. Die Hexenfiguren bewegten sich elegant und langsam, und ihre Gesichter waren nur vage zu erkennen, doch ein Ausdruck von Würde und Stolz schien auf ihnen zu liegen.

„Sieh nur, Lilly!" flüsterte Ben, seine Stimme voller Staunen. „Das sind die Hexen … sie sind wirklich hier!"

Lillys Herz klopfte laut in ihrer Brust, und sie konnte den Blick nicht abwenden. Die Gestalten tanzten im Mondlicht, ihre leuchtenden Gewänder schwebten wie Nebel über den Boden, und das leise Singen war wie eine alte, vergessene Melodie, die direkt aus der Vergangenheit zu ihnen drang. Ein tiefer Friede und zugleich eine schaurige Ehrfurcht erfüllten sie.

Doch plötzlich, mitten in diesem atemberaubenden Anblick, hörte das Flüstern auf. Die Lichtgestalten blieben stehen, und eine unheimliche Stille legte sich über den Wald. Ben und Lilly spürten, wie eine schwere Spannung die Luft erfüllte, als ob der Wald sie genau beobachtete. Es war, als hätte sich die gesamte Welt um sie herum zurückgezogen, und sie waren nun allein mit dem Stein und seinen geheimnisvollen Wächtern.

„Lass uns besser gehen, Ben," flüsterte Lilly schließlich, ihr Atem flach und zittrig. „Vielleicht ist es besser, wenn wir die Hexen in Ruhe lassen."

Ben nickte, seine Augen waren noch immer auf die leuchtenden Kratzer des Steins gerichtet. Doch bevor sie sich abwenden konnten, ertönte plötzlich ein tiefes, donnerndes Geräusch. Der Boden unter ihren Füßen begann leicht zu beben, und der Stein, der vorher so stabil gewirkt hatte, begann langsam zu wanken. Ben und Lilly hielten erschrocken die Luft an, als ein leises Knistern über die Oberfläche des Steins lief, als ob er unter dem Gewicht der Magie zu brechen drohte.

„Lilly, wir müssen hier weg!" rief Ben und zog sie an der Hand. Doch Lilly stand wie erstarrt da, ihre Augen fest auf die Risse und Kratzer gerichtet, die immer heller zu leuchten begannen.

„Lilly, komm schon!" rief Ben erneut, diesmal panischer. Doch Lilly konnte sich einfach nicht lösen, gefangen von der Magie und dem geheimnisvollen Licht, das aus dem Stein zu strömen schien.

Im nächsten Moment verstummte alles. Der Stein stand wieder still, und die Lichtgestalten verschwanden. Es war, als hätte der Hexenstein sich wieder in die tiefste Stille des Waldes zurückgezogen, und der Wald selbst schien sie beide anzusehen.

Mit einem letzten, zögerlichen Blick lösten sich die beiden aus der Umklammerung des Augenblicks und drehten sich um, um den Wald so schnell wie möglich zu verlassen.

Kapitel 4: Das leise Flüstern

Die Tage nach ihrem nächtlichen Ausflug zum Hexenstein fühlten sich für Lilly und Ben seltsam an. Sie konnten den Tanz der Lichtgestalten nicht vergessen und die Flüstern, das leise, fremdartige Singen der Stimmen, das in ihren Köpfen nachhallte. Auch die plötzlich aufkommende Stille und die bebende Erde hatten sie nicht losgelassen – es war, als hätte der Stein ihnen einen Blick in eine Welt gewährt, die sie eigentlich nie hätten sehen sollen.

In den darauffolgenden Nächten hatte Lilly immer wieder unruhige Träume. Sie sah die schemenhaften Hexenfiguren vor sich, die ihr in die Augen blickten, als wollten sie etwas sagen, etwas, das nur für sie bestimmt war. Manchmal spürte sie im Traum das Zittern des Steins unter ihren Füßen und hörte die tiefen Klänge, die sich wie eine Mahnung anfühlten. Doch immer, bevor sie die Worte verstehen konnte, wachte sie auf, das Herz klopfend und die Hände feucht vor Schweiß.

Eines Nachmittags, nachdem die Schule vorbei war, suchte Lilly Ben auf. Sie trafen sich wie immer am Waldrand und gingen ein Stück in den Wald hinein, doch diesmal sprachen sie kaum. Beide waren still und in Gedanken versunken, die Erinnerungen an die Nacht am Hexenstein wie ein schweres Geheimnis zwischen ihnen.

„Ben, ich kann einfach nicht aufhören, darüber nachzudenken," sagte Lilly schließlich und blieb stehen. „Ich träume fast jede Nacht davon. Ich sehe die Hexen und höre das Flüstern, als ob sie mir etwas sagen wollen. Es ist, als ob der Stein uns wirklich zu sich gerufen hätte."

Ben nickte und sah sich vorsichtig um, als ob er sicherstellen wollte, dass niemand in der Nähe war. „Mir geht es genauso. Manchmal habe ich das Gefühl, dass wir dorthin zurückkehren sollten. Als ob wir etwas zu Ende bringen müssen … oder als ob der Stein uns nicht loslässt."

Lilly schauderte bei seinen Worten, doch gleichzeitig verspürte sie eine eigenartige Faszination. Es war, als ob eine unsichtbare Verbindung zwischen ihr und dem Stein bestünde, eine Bindung, die sie nicht erklären konnte. Sie wusste, dass es gefährlich war, wieder dorthin zu gehen, doch die Neugier in ihr wuchs mit jedem Tag. Es war, als ob der Hexenstein sie rufen würde – als ob er noch ein Geheimnis hatte, das darauf wartete, entdeckt zu werden.

„Vielleicht … vielleicht sollten wir wirklich zurückgehen," flüsterte Lilly schließlich. „Nur noch einmal. Vielleicht gibt es noch etwas, das wir nicht gesehen haben."

Ben zögerte, doch seine Neugier war ebenso groß wie ihre. Schließlich nickte er. „Aber diesmal sollten wir vorsichtiger sein. Vielleicht ist es besser, wenn wir nicht zu nahe rangehen, sondern nur aus der Ferne schauen."

Die beiden beschlossen, in der nächsten Nacht erneut zum Hexenstein zu gehen, diesmal mit noch mehr Vorsicht und Respekt vor dem, was sie dort finden könnten. Sie wussten, dass sie ein Risiko eingingen, doch die Neugier und das Drängen der Erinnerung waren stärker. Die Nacht brach an, und Lilly lag lange wach, das Herz

voller Aufregung und Sorge, bis die Sterne am
Himmel funkelten und der Mond aufging.
Wieder schlichen sie sich aus ihren Häusern, ihre
Taschenlampen in der Hand, und trafen sich am
Waldrand. Diesmal war die Luft kühler, und ein
leichter Nebel hing über den Bäumen, der den
Wald wie eine andere, fremdartige Welt wirken
ließ. Sie gingen vorsichtig den gleichen Pfad
entlang wie in der letzten Vollmondnacht, doch
diesmal war das Gefühl noch intensiver – als ob
der Wald sie beobachtete, als ob jeder Baum
und jeder Ast ihre Schritte verfolgte.
Nach einer Weile sahen sie den Hexenstein
wieder vor sich, groß und bedrohlich im Nebel
aufragend. Die Kratzspuren waren jetzt klarer zu
sehen, als ob sie von einem unsichtbaren Licht
beleuchtet wurden. Lilly und Ben schwiegen,
während sie näherkamen, und hielten in
sicherem Abstand an. Sie standen einfach nur da
und beobachteten den Stein, warteten, ob sich
wieder etwas Magisches zeigen würde.
Doch diesmal blieb alles still. Keine Lichtgestalten
erschienen, kein geheimnisvolles Flüstern erhob
sich aus dem Stein. Der Hexenstein stand reglos
und still, und das einzige Geräusch war das leise
Rascheln der Blätter im Wind.
„Vielleicht … vielleicht waren die Hexen nur beim
Vollmond hier," flüsterte Ben und sah enttäuscht
aus. „Vielleicht ist ihre Magie jetzt wieder
verschwunden."
Lilly nickte langsam, doch in ihrem Inneren spürte
sie eine seltsame Unruhe. Sie konnte nicht
erklären, warum, aber etwas fühlte sich falsch an
– als ob der Stein sie beobachtete, als ob er auf

etwas wartete. Sie wollte näher herantreten,
doch ein unbestimmtes Gefühl der Angst hielt sie
zurück. Es war, als ob eine unsichtbare Grenze um
den Stein gezogen war, die sie nicht
überschreiten sollte.
Doch in diesem Moment fiel ihr Blick auf eine
winzige Öffnung im Stein, die sie beim letzten Mal
nicht bemerkt hatte. Es sah aus wie ein kleines
Loch, kaum größer als ein Daumen, das sich
direkt in der Mitte des Steins befand. Lilly beugte
sich leicht vor, um einen besseren Blick darauf zu
werfen.
„Schau mal, Ben," flüsterte sie. „Da ist etwas …
eine Art Öffnung."
Ben trat näher und betrachtete das Loch. Es
wirkte, als sei es absichtlich in den Stein gehauen
worden, als ob jemand ein Geheimnis darin
verborgen hätte. Er warf Lilly einen fragenden
Blick zu. „Meinst du, das ist wichtig? Vielleicht
haben die Hexen dort etwas hinterlassen."
„Ich weiß es nicht," murmelte Lilly, „aber es sieht
so aus, als würde es zu etwas führen … vielleicht
zu einer Art Versteck."
Sie tauschten einen langen Blick, und ohne ein
weiteres Wort beugte Ben sich vor und leuchtete
mit der Taschenlampe in das kleine Loch. Sie
konnten kaum etwas erkennen, nur dunkle
Schatten und vielleicht ein winziges Glitzern, das
tief im Stein verborgen lag. Doch bevor sie weiter
überlegen konnten, hörten sie plötzlich das leise
Flüstern, das sie in der Vollmondnacht gehört
hatten.
Die Stimmen waren wieder da – sanft und
geheimnisvoll, und diesmal klangen sie noch

näher, als ob sie aus dem Inneren des Steins kämen. Lilly und Ben hielten den Atem an, und die Haare auf ihren Armen stellten sich auf. Das Flüstern füllte die Stille und hüllte sie ein, und es fühlte sich an, als ob der Stein wirklich lebendig wäre.

In diesem Moment wussten sie, dass der Hexenstein noch mehr Geheimnisse hatte – Geheimnisse, die nicht jeder entdecken sollte.

Kapitel 5: Die Spuren der Hexen

Die geheimnisvollen Flüstern schienen den
gesamten Wald zu erfüllen, wie ein leiser,
unheimlicher Chor, der nur für Lilly und Ben
gesungen wurde. Die beiden Kinder standen wie
versteinert da, unfähig, sich zu rühren oder zu
sprechen. Die Taschenlampe in Bens Hand
zitterte, das Licht tänzelte über die rauen
Kratzspuren des Steins und ließ Schatten
entstehen, die wie lebendig wirkten. Es war, als
wäre der Stein ein Tor zu einer anderen Welt, eine
Welt, die nur bei Nacht zum Leben erwachte.
„Ben ... hörst du das?" flüsterte Lilly schließlich,
ihre Stimme kaum mehr als ein Hauch. Das
Flüstern war zu einem leisen, aber deutlich
hörbaren Murmeln geworden, als ob die Hexen
selbst in der Nähe wären und miteinander über
uralte Geheimnisse sprachen.
„Ja, ich ... ich glaube, sie sind wirklich da,"
stammelte Ben zurück und hielt die
Taschenlampe fest. „Das ist nicht nur ein
Geräusch. Ich denke, das ist ... Magie. Es muss so
sein."
Plötzlich bemerkte Lilly etwas, das sie zuvor
übersehen hatte. Die Kratzspuren auf dem Stein
wirkten anders, als wären sie frisch und noch
tiefer. Sie streckte die Hand aus und fuhr
vorsichtig über die rauen Linien, und in dem
Moment, in dem sie die kalte, harte Oberfläche
berührte, schien das Flüstern intensiver zu werden.
Die Kratzer pulsierten leicht, als ob etwas tief in
dem Stein schlummerte und durch ihre Berührung
geweckt worden war.

„Ben, schau dir das an!" rief sie, wobei ihre Stimme vor Aufregung und auch ein bisschen Angst bebte. „Die Kratzer … sie scheinen fast zu leuchten. Glaubst du, das ist … ein Zeichen?"
Ben trat näher, seine Augen weiteten sich. „Es muss ein Zeichen sein. Vielleicht wollten die Hexen, dass wir das finden. Vielleicht haben sie eine Spur hinterlassen, die nur bei Nacht sichtbar wird. Vielleicht ist das ihre Art, uns zu führen."
Ein Kribbeln lief Lilly über den Rücken. Die Vorstellung, dass die Hexen eine Spur für sie hinterlassen hatten, eine Einladung zu einem uralten Geheimnis, war faszinierend und zugleich beängstigend. Doch ihre Neugier war stärker. Sie wollte wissen, was sich hinter dem Stein und den mystischen Kratzspuren verbarg.
„Lilly, was ist, wenn wir versuchen, die Kratzer zu verfolgen?" schlug Ben vor, seine Stimme war gedämpft und klang ein wenig nervös. „Vielleicht führt uns das irgendwohin, zu einem Ort, den die Hexen für uns versteckt haben."
Lilly nickte zögernd. „Ja, das könnten wir versuchen. Aber … was ist, wenn wir etwas entdecken, das wir besser nicht wissen sollten? Was ist, wenn die Hexen tatsächlich zurückkommen?"
Ben sah sie entschlossen an. „Wir müssen es versuchen. Wir haben doch schon so viel gesehen, und ich glaube, wir sind die Ersten seit langer Zeit, die den Stein berühren. Vielleicht ist es unser Abenteuer."
Langsam begannen sie, mit ihren Taschenlampen über die Kratzspuren zu fahren, den Linien und Mustern zu folgen, die sich über

die Oberfläche des Steins zogen. Sie stellten fest,
dass die Kratzer in einem wirren Muster verliefen,
als ob sie etwas Geheimnisvolles darstellen
würden, das nur zu erkennen war, wenn man
genau hinsah. Es war wie eine Karte, eine
verworrene Spur, die durch das Labyrinth von
Linien und Rillen führte.
Nach einer Weile bemerkte Lilly, dass die Kratzer
an einer bestimmten Stelle besonders tief und klar
zu erkennen waren. Sie leuchtete mit ihrer
Taschenlampe darauf, und Ben beugte sich
neugierig darüber. Ein seltsames Symbol war in
die Oberfläche geritzt, ein Symbol, das wie ein
Kreis aussah, in dem eine Art von Zeichen
eingraviert war, das sie beide nicht kannten.
„Das ist sicher eine Art Zeichen der Hexen,"
flüsterte Ben ehrfürchtig. „Vielleicht bedeutet es
etwas. Vielleicht ist es ein Hinweis, ein Geheimnis,
das sie nur den Mutigen zeigen."
„Aber wie sollen wir das verstehen?" fragte Lilly
leise. „Wir wissen doch gar nichts über diese
Magie."
Ben dachte einen Moment nach, seine Augen
fest auf das Symbol gerichtet. „Vielleicht …
vielleicht sollten wir es berühren. Wenn es Magie
ist, dann spüren wir vielleicht, was es bedeutet."
Lilly zögerte, aber dann legte sie vorsichtig ihre
Hand auf das Symbol. Die kalte Oberfläche des
Steins fühlte sich plötzlich warm an, fast lebendig,
und ein sanftes Pulsieren ging von dem Zeichen
aus. Sie spürte ein seltsames Kribbeln, das ihre
Finger entlang wanderte und sich wie eine Welle
durch ihren ganzen Körper ausbreitete.

„Lilly!" rief Ben erschrocken. „Bist du in Ordnung?
Was passiert?"
Doch Lilly konnte kaum sprechen. Sie fühlte, wie
ihre Hand auf dem Stein wie festgeklebt war, und
das seltsame Kribbeln wurde stärker, pulsierte
durch ihren Arm bis in ihr Herz hinein. Vor ihrem
inneren Auge schienen sich Bilder zu formen –
Schatten und Flammen, tanzende Gestalten und
ein dunkler Wald, wie ein Traum, der sie in eine
andere Zeit entführte.
Gerade als sie dachte, dass sie die Hand nicht
mehr losreißen könnte, ließ das Kribbeln nach,
und das Bild verblasste. Lilly nahm ihre Hand
erschrocken zurück und stolperte einen Schritt
zurück.
„Lilly, was war das?" fragte Ben, seine Stimme
klang besorgt und aufgeregt zugleich.
„Ich … ich weiß es nicht genau," murmelte Lilly,
ihre Stimme zitterte. „Aber ich habe Dinge
gesehen. Als ob ich für einen Moment in einer
anderen Zeit war. Ich glaube, es waren die
Hexen, die uns etwas zeigen wollten."
Ben schüttelte ungläubig den Kopf. „Du hast sie
wirklich gesehen? Die echten Hexen?"
Lilly nickte langsam, ihre Augen immer noch
geweitet. „Ja. Ich glaube, sie haben uns einen
Teil ihrer Welt gezeigt, etwas, das sie uns
unbedingt mitteilen wollten. Es war wie eine
Nachricht, die nur wir empfangen konnten."
Die beiden standen still vor dem Stein, ihre Herzen
klopften heftig in ihren Brustkörben. Sie waren sich
sicher, dass sie gerade etwas Außergewöhnliches
erlebt hatten – ein Geheimnis, das tief in dem
Hexenstein verankert war und ihnen eine

Botschaft aus einer längst vergangenen Zeit
übermittelt hatte. Doch was bedeutete das alles?
War es eine Warnung, oder war es eine
Einladung, noch tiefer in das Geheimnis
einzutauchen?
„Lilly, ich glaube, wir müssen zurückkommen,"
sagte Ben schließlich. „Das, was du gesehen hast
… das kann kein Zufall gewesen sein. Vielleicht
sollten wir herausfinden, was es wirklich
bedeutet."
Lilly nickte zögernd. „Ja. Aber lass uns vorsichtig
sein. Der Hexenstein scheint viel mehr zu
verbergen, als wir dachten."
Mit einem letzten Blick auf den Stein machten
sich die beiden auf den Heimweg, die Flüstern
und das geheimnisvolle Symbol in ihren
Gedanken.

Kapitel 6: Der Schlüssel im Stein

Die Entdeckung ließ Lilly und Ben nicht los. Die
Visionen, die Lilly gesehen hatte, die seltsamen
Zeichen und das Pulsieren des Steins – all das
schien sie in eine unsichtbare Welt zu führen, die
nur darauf wartete, von ihnen entdeckt zu
werden. In den folgenden Tagen sprachen sie
immer wieder darüber und überlegten, was das
Symbol und die Bilder bedeuten könnten.
Schließlich beschlossen sie, noch einmal zum
Hexenstein zurückzukehren, diesmal bei
Tageslicht. Vielleicht würden sie etwas finden, das
ihnen in der Dunkelheit entgangen war. Die
Vorstellung, dass der Stein selbst ein Geheimnis in
sich verbarg, ließ ihre Neugier ins Unermessliche
wachsen.
An einem sonnigen Nachmittag trafen sie sich
wieder am Waldrand und gingen den inzwischen
vertrauten Weg zum Hexenstein entlang. Die
Bäume rauschten sanft im Wind, und das Licht
der Sonne schimmerte durch das dichte
Blätterdach. Der Wald wirkte am Tag viel weniger
unheimlich, doch die Erinnerung an die
geheimnisvollen Flüstern und die tanzenden
Lichtgestalten verfolgte sie dennoch.
„Hoffentlich finden wir heute etwas," sagte Ben
und blickte sich aufmerksam um. „Vielleicht ist bei
Tageslicht alles klarer."
Lilly nickte und trat entschlossen näher an den
Hexenstein heran, als sie ihn erreichten. Sie fuhren
mit ihren Händen über die rauen Kratzspuren und
das seltsame Symbol, das sie schon einmal
gesehen hatten. Doch diesmal entdeckte Lilly

etwas Neues: ganz unten, am Fuß des Steins,
befand sich eine kleine, ovale Vertiefung, die sie
vorher nicht bemerkt hatten.

„Ben, schau mal!" rief sie aufgeregt. „Da ist noch
etwas!"

Ben kniete sich hin und betrachtete die
Vertiefung genau. Es sah aus wie eine Art Schlitz,
als ob etwas hineinpassen würde. Doch es war zu
schmal und tief, um mit bloßen Händen
hineinzulangen.

„Glaubst du, das ist … eine Art Schlüsselloch?"
fragte Ben ungläubig und sah Lilly an. „Vielleicht
gehört ein Schlüssel dazu, um das Geheimnis des
Steins zu öffnen."

Lilly dachte einen Moment nach und erinnerte
sich an die Geschichten, die der alte Mann im
Café ihnen erzählt hatte. „Vielleicht haben die
Hexen wirklich einen Schlüssel hinterlassen –
etwas, das nur für die bestimmt ist, die den Mut
haben, das Geheimnis zu lüften."

Die beiden schauten sich an und beschlossen,
alles in der Umgebung zu durchsuchen. Sie
kletterten auf den Stein, schoben das Moos
beiseite und gruben mit den Händen im weichen
Waldboden um den Stein herum. Nach einer
Weile gab Lilly jedoch resigniert auf und ließ sich
auf den Stein fallen.

„Vielleicht gibt es keinen Schlüssel," murmelte sie
enttäuscht. „Vielleicht ist das nur eine Art von
Rätsel, das uns auf die Probe stellen soll."

Doch genau in diesem Moment entdeckte Ben
etwas Glänzendes, das in der Rille des Steins
versteckt lag. Vorsichtig zog er das kleine,
metallene Objekt hervor – es war ein alter,

schwerer Schlüssel, verziert mit verschlungenen Symbolen, die sich über das Metall zogen und im Sonnenlicht schimmerten.
„Lilly, schau mal! Ich glaube, das ist der Schlüssel!" rief er triumphierend.
Lillys Augen weiteten sich vor Aufregung, und sie nahm den Schlüssel vorsichtig in die Hand. Er war kalt und fühlte sich seltsam schwer an, als ob er mit einer Art alter Magie durchzogen war. Die Symbole darauf waren die gleichen, die sie auf dem Hexenstein gesehen hatten, und Lilly spürte ein Kribbeln, das von dem Schlüssel in ihre Finger wanderte.
„Dann … dann sollten wir ihn ausprobieren," flüsterte sie, das Herz schlug ihr bis zum Hals. Mit klopfendem Herzen kniete sie sich vor die Vertiefung im Stein und schob den Schlüssel vorsichtig hinein. Der Schlüssel passte genau, als ob er nur für diesen Ort geschaffen worden wäre. Sie drehte ihn langsam, und ein leises Klicken ertönte, das sich in der Stille des Waldes wie ein Echo aus der Vergangenheit anfühlte.
Plötzlich begann der Stein zu vibrieren. Die Kratzspuren auf seiner Oberfläche schimmerten auf, und das vertraute Flüstern erhob sich erneut, diesmal lauter und deutlicher. Lilly und Ben hielten erschrocken inne, doch sie konnten ihre Augen nicht von dem Stein abwenden, der immer stärker zu leuchten begann.
Mit einem Ruck löste sich ein großer Teil des Steins und gab den Eingang zu einer Höhle frei. Ein dunkler, schmaler Durchgang öffnete sich vor ihnen, und die Luft, die aus der Höhle drang, war kühl und roch nach Moos und feuchtem Erdreich.

Lilly und Ben standen wie verzaubert vor dem
Eingang und wussten, dass sie nun an einem
Punkt angekommen waren, von dem es kein
Zurück mehr gab.
„Sollen wir … sollen wir hineingehen?" fragte Ben
und warf Lilly einen unsicheren Blick zu.
Lilly nickte langsam, ihre Neugier stärker als die
Angst. „Ja. Wir sind schon so weit gekommen. Wir
müssen wissen, was sich hinter diesem Geheimnis
verbirgt."
Hand in Hand traten sie vorsichtig in die
Dunkelheit. Der schmale Gang führte sie in die
Tiefe, und das Flüstern wurde immer lauter, als ob
unsichtbare Stimmen sie weiter hineinlockten. Das
Licht ihrer Taschenlampen erhellte die feuchten
Wände, die mit seltsamen, uralten Symbolen
bedeckt waren, ähnlich denen auf dem Stein
und dem Schlüssel.
Schließlich erreichten sie eine kleine Kammer. In
der Mitte des Raumes stand eine Truhe,
umgeben von Kerzen, die noch immer leicht
glommen, als ob jemand sie erst kürzlich
angezündet hätte. Die Luft war erfüllt von einem
schweren, würzigen Duft, der an getrocknete
Kräuter erinnerte.
„Lilly, das ist es," flüsterte Ben ehrfürchtig. „Das ist
der Hexenschatz."
Lilly kniete sich vor die Truhe, ihr Herz klopfte wild.
Langsam öffnete sie den Deckel, der unter ihren
Fingern knarrte, und blickte in den Inhalt. In der
Truhe lagen alte Schriftrollen, Fläschchen mit
geheimnisvollen, dunkel schimmernden
Flüssigkeiten und kleine, seltsame Gegenstände,
die wie Zauberamulette aussahen. Es war, als

hätte sie einen Blick in die Welt der Hexen selbst geworfen.

Doch genau in diesem Moment erfüllte ein tiefes, beunruhigendes Knurren die Luft. Die Höhle schien sich plötzlich zu verengen, und die Wände vibrierten, als ob sie unter der Last der Magie zu beben begannen. Lilly und Ben schauten sich erschrocken an, ihre Gesichter voller Angst und Erstaunen.

„Wir müssen hier raus!" rief Ben, doch als sie zur Tür zurücklaufen wollten, begann die Höhle zu beben, und der Eingang schloss sich langsam hinter ihnen.

Kapitel 7: Die Falle der Hexen

Lilly und Ben standen wie erstarrt da, während sich der Eingang zur Höhle mit einem tiefen, steinernen Grollen verschloss. Das kühle Licht ihrer Taschenlampen flackerte auf den Wänden, und das Flüstern in der Luft wurde lauter, fast schneidend. Die beiden waren in der Kammer gefangen, umgeben von den geheimnisvollen Symbolen und der alten Truhe, die sie geöffnet hatten.

„Lilly … wir sind eingesperrt!" flüsterte Ben, seine Stimme war brüchig vor Angst.

Lilly sah sich hektisch um, das Herz schlug ihr bis zum Hals. Sie hatten so lange von diesem Moment geträumt, hatten die Rätsel des Hexensteins gelüftet und sogar die magische Truhe der Hexen entdeckt. Doch jetzt, da sie in der Höhle gefangen waren, fühlte sich die Magie nicht mehr aufregend, sondern bedrohlich an. Es war, als ob die Höhle sie mit einem unsichtbaren Griff festhielt.

„Es muss einen anderen Weg hinaus geben," sagte Lilly mit zitternder Stimme, während sie die Wände absuchte. Sie tastete die kalte, feuchte Oberfläche ab und hoffte, irgendeinen geheimen Hebel oder ein weiteres Symbol zu finden, das ihnen helfen könnte. Doch die Wände waren glatt und fest verschlossen, und das unheimliche Flüstern wurde lauter, als ob die Höhle selbst mit ihnen sprach.

Ben schaute zurück zur Truhe und runzelte die Stirn. „Vielleicht ist es eine Prüfung," sagte er leise. „Vielleicht wollen die Hexen, dass wir … dass wir

noch etwas entdecken oder verstehen, bevor sie
uns gehen lassen."
Lilly sah ihn an und nickte langsam. „Das könnte
sein. Sie haben uns zu dieser Höhle geführt, aber
warum? Vielleicht müssen wir herausfinden, was
sie uns wirklich zeigen wollten."
Die beiden gingen zurück zur Truhe und
leuchteten vorsichtig in deren Inneres. Neben
den alten Schriftrollen und Fläschchen mit
seltsamen Flüssigkeiten lagen auch ein paar
kleine Amulette und ein Buch, das aussah, als
hätte es schon Jahrhunderte in der Dunkelheit
verbracht. Seine Ecken waren abgenutzt, und
der Einband war mit den gleichen
geheimnisvollen Symbolen verziert, die sie schon
auf dem Stein gesehen hatten.
„Vielleicht steht hier etwas drin, das uns hilft,"
sagte Lilly und hob das Buch vorsichtig heraus.
Die Seiten waren brüchig, doch sie konnte einige
der Wörter erkennen, geschrieben in einer
krakeligen, alten Handschrift. Sie blätterte durch
die Seiten, während das Flüstern um sie herum
wieder sanfter wurde, als ob die Geister der
Hexen neugierig zusahen.
Nach einer Weile stieß Lilly auf eine Passage, die
sie zu verstehen glaubte. Sie las die Wörter laut
vor, ihre Stimme hallte in der kleinen Kammer
wider:
„Wer die Macht sucht, den Hexenstein zu
betreten, muss das Opfer bringen und den
Schlüssel der Freiheit finden."
Ben sah sie mit großen Augen an. „Was soll das
bedeuten? Welches Opfer? Und welcher
Schlüssel?"

Lilly schüttelte den Kopf. „Ich weiß es nicht. Aber vielleicht ist es ein Rätsel. Vielleicht müssen wir herausfinden, was die Hexen damit meinen, um die Höhle zu verlassen."
Die beiden überlegten angestrengt, während das Flüstern wieder lauter wurde. Es klang jetzt wie ein leises, drängendes Rufen, als ob die Hexen selbst ihnen einen Hinweis geben wollten. Sie erinnerten sich an die Symbole, die sie auf dem Stein gesehen hatten, an die Magie, die sie gespürt hatten – und schließlich fiel ihnen der alte Schlüssel ein, den sie gefunden hatten und der den Zugang zur Höhle geöffnet hatte.
„Der Schlüssel der Freiheit," murmelte Ben. „Vielleicht meinen sie den Schlüssel, den wir benutzt haben, um die Höhle zu öffnen."
Lilly nickte langsam und zog den Schlüssel aus ihrer Tasche. Sie hielt ihn in der Hand und spürte erneut das seltsame Kribbeln, das sie schon am Stein gespürt hatte. Der Schlüssel schien lebendig zu sein, als ob er mehr als nur ein Stück Metall war.
„Vielleicht müssen wir ihn ... opfern," sagte Lilly vorsichtig. „Vielleicht ist das der Schlüssel zur Freiheit, aber nur, wenn wir ihn der Höhle zurückgeben."
Ben zögerte, aber dann nickte er entschlossen. „Lass es uns versuchen. Wir haben keine andere Wahl."
Lilly trat zur Truhe und hielt den Schlüssel über das offene Buch. Sie schloss die Augen, konzentrierte sich und ließ den Schlüssel in die Truhe fallen.
Kaum hatte er den Boden der Truhe berührt, begann die Höhle leicht zu beben, und das

Flüstern erhob sich zu einem lauten,
durchdringenden Chor.
Ein gleißendes Licht füllte den Raum, und für
einen Moment mussten die beiden die Augen
schließen. Als sie sie wieder öffneten, sahen sie,
dass die Wände der Höhle sich wie von selbst
öffneten und einen schmalen Gang freigaben,
der nach draußen führte. Die Luft war kühler,
frischer, und das Flüstern war verstummt.
„Es hat funktioniert!" rief Ben und zog Lilly an der
Hand. „Komm, bevor sich der Eingang wieder
schließt!"
Sie rannten durch den engen Gang, ihre
Taschenlampen in der Hand, und folgten dem
schmalen Pfad, der sie immer näher zur Freiheit
führte. Schließlich erreichten sie den Ausgang,
und das Mondlicht schien auf sie herab, als sie
endlich den Wald erreichten und aus der Höhle
traten.
Sie blieben einen Moment stehen, um zu Atem zu
kommen, und sahen sich um. Der Wald wirkte
friedlich und still, als ob nichts geschehen wäre,
und der Hexenstein stand wieder in seiner
gewohnten, stillen Ruhe da, ohne jede Spur der
Magie, die sie erlebt hatten.
„Wir haben es geschafft," flüsterte Lilly und sah
Ben an. „Wir haben das Geheimnis des
Hexensteins gelüftet."
Ben nickte, doch in seinem Blick lag ein Hauch
von Wehmut. „Ja, aber … es fühlt sich an, als
hätten wir ein Stück dieser Welt zurückgelassen."
Die beiden schauten noch einmal auf den
Hexenstein, auf die Kratzspuren und das Symbol,
das sie entdeckt hatten. Sie wussten, dass sie ein

Abenteuer erlebt hatten, das für immer in ihrer
Erinnerung bleiben würde, doch sie spürten auch
die Macht des Steins, die sie noch immer rief –
eine Macht, die nur die Mutigsten spüren
konnten.
Hand in Hand machten sich Lilly und Ben auf den
Heimweg, ihre Herzen voller Ehrfurcht vor der
alten Magie, die in den tiefen Wäldern von
Neukloster verborgen lag.

Kapitel 8: Die Wahrheit über den Hexenstein

Nachdem sie den alten Mann verlassen hatten, machten sich Lilly und Ben auf den Weg zurück zum Hexenstein, unsicher, was sie von den Erzählungen des Mannes halten sollten. Die Geschichte über die Flagge und die alten Hexen fühlte sich zwar faszinierend an, aber sie passte einfach nicht zu dem, was sie am Hexenstein erlebt hatten.
Die Höhle, das geheimnisvolle Buch und die Visionen – das alles hatte nichts mit einer Verbindung zu einer anderen Region zu tun. Lilly war überzeugt, dass der Hexenstein noch ein ganz anderes Geheimnis verbarg, und je mehr sie darüber nachdachte, desto mehr wuchs ihre Neugier.
„Lilly, was, wenn die Höhle und das Flüstern ... was, wenn das alles ein altes Ritual war?" fragte Ben nachdenklich, während sie durch den Wald gingen.
Lilly sah ihn überrascht an. „Du meinst, als ob die Hexen selbst uns zu diesem Ort geführt haben, um uns etwas zu zeigen?"
Ben nickte langsam. „Genau. Vielleicht haben wir einfach noch nicht verstanden, was sie wirklich von uns wollen. Es fühlt sich an, als ob der Hexenstein ... als ob er mit uns sprechen wollte."
Als sie den Hexenstein erreichten, legte sich erneut eine unheimliche Stille über den Wald. Die Blätter schienen stillzustehen, und die Luft fühlte sich seltsam kühl an, obwohl es ein warmer Tag war. Die beiden Kinder traten langsam näher an

den Stein heran und spürten, wie das Kribbeln
wieder in ihnen aufstieg.

„Vielleicht ... vielleicht müssen wir die Worte aus
dem Buch wiederholen," flüsterte Lilly und holte
den Zettel hervor, auf den sie die geheimnisvollen
Worte notiert hatte, die sie aus dem alten
Hexenbuch in der Truhe abgeschrieben hatte.
Ben nickte, und sie begannen, die Worte leise vor
sich hinzusprechen, ihre Stimmen zitterten ein
wenig vor Aufregung und Furcht. Mit jedem Wort,
das sie sprachen, schien der Stein wieder zum
Leben zu erwachen. Ein leises Flüstern erhob sich,
und die Kratzspuren auf dem Stein begannen
schwach zu leuchten.

Plötzlich öffnete sich der Stein erneut und gab
den Eingang zur Höhle frei. Doch diesmal schien
der Gang anders – die Luft darin war kälter, und
es fühlte sich an, als ob ein unsichtbarer Sog sie
hineinzog.

„Wir müssen da noch einmal hinein," flüsterte Lilly,
entschlossen.

Diesmal folgten sie dem Gang in die Höhle, bis sie
die kleine Kammer mit der Truhe erreichten. Doch
als sie näher traten, bemerkten sie, dass etwas
anders war. Die Truhe stand offen, und in ihrem
Inneren lag nun ein kleiner, runder Spiegel,
dessen Glas in einem silbrigen Schimmer glänzte.
Neugierig hob Lilly den Spiegel auf und
betrachtete ihn.

Als sie hineinsah, sah sie nicht ihr eigenes Gesicht,
sondern das Bild einer Frau mit langen, dunklen
Haaren und einem geheimnisvollen,
durchdringenden Blick. Die Frau schien etwas

sagen zu wollen, ihre Lippen bewegten sich,
doch Lilly konnte nichts hören.
„Ben, schau dir das an!" rief sie und hielt ihm den
Spiegel hin.
Ben nahm ihn vorsichtig in die Hände und
betrachtete das Gesicht im Spiegel. Auch er
konnte sehen, dass die Frau etwas zu ihnen
sagen wollte, doch die Worte schienen in der Luft
hängen zu bleiben.
„Vielleicht … vielleicht ist das die Hexe, die den
Stein verzaubert hat," flüsterte Ben. „Vielleicht
wollte sie uns diesen Spiegel geben, um uns ihr
Geheimnis zu zeigen."
In diesem Moment kam ein leises Flüstern aus
dem Spiegel, das immer lauter wurde, bis sie die
Worte verstehen konnten: „Folgt den Spuren …"
„Welche Spuren?" fragte Lilly verwirrt.
Doch bevor sie antworten konnte, fiel ihr Blick auf
den Boden der Höhle, wo eine Reihe von
seltsamen Fußspuren auftauchte, die tief in die
Höhle führten. Die Spuren sahen aus, als seien sie
erst vor Kurzem entstanden, und sie schimmerten
leicht im schwachen Licht der Taschenlampe.
Lilly und Ben folgten den Spuren, die sich immer
weiter durch die Höhle zogen, bis sie schließlich in
einer großen Kammer endeten. In der Mitte der
Kammer befand sich ein runder Steinring, der wie
ein Torbogen geformt war. Auf ihm waren die
gleichen Kratzspuren und Symbole zu sehen wie
auf dem Hexenstein draußen im Wald.
„Ich glaube, das ist ein Portal," sagte Lilly
ehrfürchtig. „Vielleicht führt es in die Welt der
Hexen."

Ben sah sie an, seine Augen voller Aufregung und
Furcht zugleich. „Sollen wir hindurchgehen?"
Lilly nickte. „Wir haben schon so viel
herausgefunden. Lass uns sehen, was dahinter
ist."
Hand in Hand traten sie durch das Portal und
spürten ein seltsames Ziehen, als ob sie in eine
andere Welt gesogen würden. Die Höhle
verschwand hinter ihnen, und plötzlich standen
sie in einem Wald, der ganz anders aussah als der
in Neukloster. Die Bäume waren höher, die Luft
war schwer und roch nach Kräutern und Erde,
und ein leises Summen erfüllte die Stille.
Vor ihnen stand die Frau aus dem Spiegel. Sie
lächelte sie an und nickte ihnen zu.
„Willkommen," sagte sie mit sanfter Stimme. „Ihr
habt das Vermächtnis der Hexen entdeckt und
seid nun Teil unserer Welt. Doch die wahre
Prüfung beginnt erst jetzt."
Lilly und Ben blickten sich an, und eine Mischung
aus Furcht und Vorfreude erfüllte sie. Sie wussten,
dass dies erst der Anfang eines Abenteuers war,
das sie an die Grenze ihrer Vorstellungskraft
bringen würde.

Kapitel 9: Die Prüfung der Hexen

Lilly und Ben standen wie verzaubert vor der
geheimnisvollen Frau, die ihnen einladend
zulächelte. Der Wald, in dem sie sich jetzt
befanden, schien voller Magie zu sein. Die Bäume
leuchteten in sanften, grünen Schimmern, und
überall in der Luft glitzerten winzige Lichtpunkte,
wie tanzende Sterne. Die Hexe betrachtete sie
mit einem prüfenden Blick, der zugleich sanft und
durchdringend war.
„Ihr habt Mut bewiesen," sagte sie mit leiser,
doch kräftiger Stimme. „Nur die Wahren, die das
Herz und den Geist für unsere Welt öffnen,
können den Hexenstein und das Portal finden.
Doch bevor ihr die Geheimnisse dieser Welt
erlernen könnt, müsst ihr die Prüfung bestehen."
Lilly und Ben sahen sich an, ihre Herzen klopften
aufgeregt. Sie hatten so viel entdeckt, so viele
Rätsel gelöst, doch die Prüfung, die nun vor ihnen
lag, fühlte sich größer an als alles, was sie zuvor
erlebt hatten.
„Welche Prüfung?" fragte Lilly mutig und trat
einen Schritt vor.
Die Hexe lächelte und wies mit ihrer Hand auf
den Wald, der sich vor ihnen erstreckte. „Es gibt
drei Aufgaben, die euren Mut, eure Weisheit und
euer Vertrauen ineinander prüfen werden,"
erklärte sie. „Jede dieser Aufgaben wird euch
einen Schritt näher an das wahre Wissen unserer
Welt bringen. Doch seid gewarnt – nur wer
wirklich bereit ist, kann die Aufgaben bestehen."
Ben schluckte schwer, doch er nickte
entschlossen. „Wir sind bereit," sagte er mit fester

Stimme. Lilly ergriff seine Hand, und gemeinsam
schritten sie vorwärts.
Die Hexe führte sie zu einer kleinen Lichtung, wo
ein kleiner, glitzernder Bach durch den Wald floss.
Hier legte sie eine Handvoll silberner Kristalle in
das Wasser, die das Wasser in ein funkelndes Licht
tauchten. Sie drehte sich zu Lilly und Ben und
sprach mit ruhiger Stimme: „Die erste Aufgabe ist
die des Vertrauens. Ihr müsst einander blind
vertrauen, um den Weg zu finden."
Mit diesen Worten schlug sie leicht auf den
Boden, und um sie herum erhob sich ein dichter
Nebel, der den Wald und den Bach in ein
weiches, undurchdringliches Grau hüllte. Ben
konnte kaum noch Lillys Hand sehen, und die
Stille um sie herum verstärkte die Spannung in der
Luft.
„Lilly, wir dürfen uns nicht verlieren," flüsterte Ben,
seine Stimme klang zögernd.
„Nein, das werden wir nicht," erwiderte Lilly
entschlossen. „Lass uns einfach geradeaus
gehen. Wenn wir uns aufeinander verlassen,
finden wir den Weg."
Vorsichtig und Schritt für Schritt gingen sie durch
den Nebel, während sie einander festhielten. Sie
konnten kaum etwas sehen, nur das sanfte
Rauschen des Bachs neben ihnen führte sie. Lilly
spürte, wie ihr Herz schneller schlug, als ein
leichter Windhauch an ihnen vorbeistrich, doch
sie blieb ruhig und führte Ben weiter. Nach einer
gefühlten Ewigkeit lichtete sich der Nebel, und sie
standen wieder in dem magischen Wald, der nun
heller leuchtete als zuvor.

Die Hexe erwartete sie mit einem warmen
Lächeln. „Ihr habt die erste Aufgabe bestanden,"
sagte sie und nickte anerkennend. „Euer
Vertrauen zueinander ist stark, und das wird euch
in den nächsten Prüfungen helfen."
Lilly und Ben atmeten erleichtert auf. Sie hatten
die erste Aufgabe geschafft, doch die beiden
wussten, dass noch weitere Herausforderungen
vor ihnen lagen.
„Die nächste Prüfung ist die des Herzens," erklärte
die Hexe und führte sie tiefer in den Wald, bis sie
zu einem riesigen, alten Baum kamen, dessen
Wurzeln sich weit ausbreiteten und von Moos und
Pflanzen umgeben waren. „In diesem Baum lebt
ein Wesen, das Schutz und Trost braucht," sagte
die Hexe und sah Lilly und Ben fest in die Augen.
„Finde heraus, was ihm fehlt und gib ihm, was es
sucht."
Lilly und Ben knieten sich neben die Wurzeln des
alten Baumes und hörten ein leises, trauriges
Wimmern. Zwischen den Wurzeln versteckte sich
ein kleines, goldenes Licht, das flackerte, als ob
es jeden Moment erlöschen könnte.
„Es ist ein kleines Lichtwesen," flüsterte Lilly sanft.
„Es scheint traurig und schwach zu sein."
Ben sah das kleine Licht an und überlegte, wie sie
ihm helfen könnten. „Vielleicht hat es Angst,"
sagte er leise und streckte vorsichtig die Hand
aus, um das Licht sanft zu berühren. In dem
Moment, als er es berührte, begann das Licht ein
wenig heller zu leuchten, als ob es sich bei seiner
Berührung getröstet fühlte.
Lilly nahm Ben bei der Hand und sprach mit leiser,
beruhigender Stimme zu dem Lichtwesen. „Wir

sind hier, um dir zu helfen. Du musst keine Angst
haben," flüsterte sie sanft. Langsam begann das
Lichtwesen heller zu leuchten, bis es schließlich in
einem warmen, goldenen Strahlen erblühte und
die gesamte Lichtung in ein sanftes Licht tauchte.
Die Hexe beobachtete sie und nickte zufrieden.
„Ihr habt die zweite Aufgabe bestanden," sagte
sie mit einem Lächeln. „Ihr habt bewiesen, dass
euer Herz rein und voller Mitgefühl ist."
Lilly und Ben lächelten erleichtert, doch sie waren
auch erschöpft. Die Prüfungen forderten ihre
Kraft und ihren Mut, doch sie wussten, dass sie die
letzte Prüfung noch vor sich hatten.
„Die letzte Aufgabe ist die der Wahrheit," sagte
die Hexe und führte sie zu einem klaren See,
dessen Wasser ruhig und still war. „Schaut in das
Wasser und seht, was es euch zeigt."
Lilly und Ben knieten sich an den Rand des Sees
und blickten ins Wasser. Zuerst sahen sie nur ihr
eigenes Spiegelbild, doch dann begann das
Wasser sich zu kräuseln, und Bilder tauchten auf.
Sie sahen den Hexenstein, die Höhle und die
Truhe mit dem Spiegel. Doch dann erschien das
Bild der Hexe, die sie hierhergeführt hatte, und
ihre Augen blickten sie durchdringend an.
„Ich bin die Hüterin des Hexensteins," erklang ihre
Stimme in ihrem Kopf. „Nur jene, die das
Geheimnis des Herzens und des Vertrauens
verstehen, können meine Nachfolger werden.
Wenn ihr bereit seid, übernehmt ihr die Rolle der
Wächter des Steins und unserer Welt."
Lilly und Ben sahen sich an, ihre Herzen voller
Staunen und Ehrfurcht. Sie hatten die Wahl, den
Hexenstein zu verlassen oder die Verantwortung

für das Geheimnis zu übernehmen und Wächter
der magischen Welt zu werden.
„Wir sind bereit," sagte Lilly entschlossen, und Ben
nickte. Gemeinsam sahen sie die Hexe an, deren
Gestalt langsam in einem Lichtschein verblasste,
bis nur noch der Wald und der See um sie herum
waren.
Der Hexenstein hatte seine neuen Wächter
gefunden.

Kapitel 10: Das Opfer der Wächter

Lilly und Ben standen noch immer am Ufer des geheimnisvollen Sees, die Worte der Hexe hallten in ihren Gedanken nach. Die beiden fühlten sich voller Kraft und Stolz, jetzt die neuen Wächter des Hexensteins zu sein. Doch tief in ihrem Inneren spürte Lilly eine seltsame, unbestimmte Unruhe.
„Wir sind Wächter," flüsterte Lilly und schaute Ben an. „Aber ich frage mich … hat das einen Preis?"
Bevor Ben antworten konnte, verdunkelte sich der Himmel plötzlich, und der Wind frischte unheimlich auf. Ein Donnergrollen durchbrach die Stille, und die Bäume um sie herum schienen sich zu bewegen, als ob sie auf das Unwetter reagierten. Der See begann zu brodeln, und das Wasser schien sich aufzubäumen, als wäre eine unsichtbare Macht erwacht.
„Ben, was passiert hier?" rief Lilly, während sie versuchte, das Gleichgewicht zu halten. Der Boden unter ihnen bebte leicht, und der Hexenstein am Ufer begann zu vibrieren, als ob die Magie des Ortes sich gegen sie wendete.
Die Stimme der Hexe erklang plötzlich wieder, aber diesmal war sie nicht sanft und beruhigend, sondern klang wie ein fernes Echo, voller Trauer und Schwere. „Um die Welten zu bewahren, muss ein Wächter stets im Reich der Magie verbleiben. Dies ist das letzte Opfer – das Opfer des Lebens."
Lillys Augen weiteten sich vor Schreck, und Ben sah sie panisch an. „Nein, das kann nicht sein! Lilly, wir müssen hier raus!"
Doch bevor sie sich bewegen konnten, leuchtete der Hexenstein hell auf, und ein unsichtbarer Sog

zog Lilly in seine Richtung. Sie spürte, wie eine unaufhaltsame Kraft sie erfasste und sie näher zum Stein zog, der nun glühte, als ob er sie verschlingen wollte.

„Ben!" schrie Lilly und streckte ihre Hand nach ihm aus.

Ben versuchte verzweifelt, ihre Hand zu ergreifen und sie zurückzuhalten, doch die Kraft des Steins war zu stark. Lillys Gesicht spiegelte gleichzeitig Angst und eine seltsame Ruhe wider, als ob sie das Schicksal akzeptieren würde, das sie erwartete.

„Ben, es ist in Ordnung," flüsterte sie, ihre Stimme brüchig, aber gefasst. „Vielleicht war das immer meine Bestimmung."

Mit Tränen in den Augen sah Ben zu, wie Lillys Gestalt in das helle Licht des Hexensteins gezogen wurde. Sie lächelte ihm ein letztes Mal zu, und dann verschwand sie im Inneren des Steins, der wieder zur Ruhe kam und seine Leuchtkraft verlor. Der Wald wurde still, und der See glitzerte ruhig und friedlich, als wäre nichts geschehen.

Ben kniete fassungslos vor dem Hexenstein, der nun wie ein ganz normaler Findling vor ihm stand. Seine beste Freundin, seine Gefährtin in all den Abenteuern, war fort – geopfert, um die Verbindung zwischen den Welten zu bewahren. Und so blieb Lilly, die neue Hüterin, für immer mit dem Hexenstein und der Welt der Magie verbunden. Ben würde sie nie vergessen, und er wusste, dass sie für immer ein Teil dieses Ortes sein würde – unsichtbar und still, doch wachsam, wie die Wächterin, die sie nun war.

Epilog: Der Dornenbusch

Ben kehrte oft zum Hexenstein zurück, unfähig, den Verlust von Lilly zu verkraften. Die Magie des Steins, die einst voller Geheimnisse und Abenteuer war, fühlte sich nun kalt und leer an. Der Wald schien ein Teil von ihr zu sein, doch ohne Lilly an seiner Seite war die Freude und das Wunder des Ortes für ihn verloren.
Die Tage vergingen, doch die Leere in Bens Herz wuchs mit jedem Besuch am Hexenstein. Er setzte sich oft an den Fuß des Steins, wo er und Lilly so viele Pläne geschmiedet und Träume geteilt hatten, und spürte die Trauer immer tiefer.
Schließlich, eines Nachts, als der Mond schien und der Wald in einem sanften, silbernen Licht lag, schloss Ben die Augen und ließ sich von der Stille umhüllen. Sein Herz, gebrochen und voller Schmerz, gab auf.
Aus der Stelle, wo Ben zuletzt lag, begann bald ein kleiner, wilder Dornenbusch zu wachsen. Er schien direkt aus seinem Herzen entsprungen zu sein, als wäre sein Schmerz in den Dornen lebendig geblieben. Der Busch war von dunklen, scharfen Dornen bedeckt, die sich wie ein Schutzwall um den Hexenstein legten.
Es hieß, dass der Dornenbusch dort immer kräftiger und dichter wurde. Kinder, die den Hexenstein neugierig und ehrfürchtig besuchten, wurden oft gewarnt, dem Busch nicht zu nahe zu kommen. Doch die besonders Braven und Mutigen, die versuchten, sich durch die Dornen zu zwängen, um die Geheimnisse des Steins zu erforschen, wurden oft von den scharfen Dornen

gestochen. Sie gingen mit kleinen, blutigen Kratzern nach Hause – Zeichen dafür, dass sie den verborgenen Schmerz eines Wächters berührt hatten.

Im Laufe der Jahre wurde die Legende des Hexensteins und des Dornenbuschs zum festen Bestandteil der Erzählungen in Neukloster. Man sagte, dass der Busch nur die aufmerksam und mutig Suchenden an sich heranließ, ihnen jedoch eine kleine Mahnung mitgab. Die scharfen Dornen erinnerten jeden daran, dass große Geheimnisse oft große Opfer erfordern.

Und so blieb Lillys und Bens Vermächtnis für immer mit dem Hexenstein verbunden – ein stiller, unbewegter Stein, umgeben von einem wilden Dornenbusch, der die Geschichten zweier tapferer Wächter in sich trug.